兔子阿姨寫信來

陳素宜◎文

Yating Hung◎圖

【推薦序】

跟著兔子阿姨蹦蹦跳

◎桂文亞（兒童文學作家）

我喜歡旅行，也喜歡讀遊記。旅行是一種認識世界的方式，寫下新知見聞，除了為自己留下珍貴的回憶，還可以和朋友分享經驗，這種感覺十分美妙。

在我求學時代，別說搭飛機出國旅行了，甚至，連坐一趟火車離開臺北的機會也很少呢！不過，由於我讀到了《今日世界》這本雜誌，期期都有許多各國見聞和新奇的圖片，給我帶來嶄新的視野和無窮遐思。我沉醉在「臥遊」的樂趣中，並對自己說，等我長大以後，要環遊世界！這是一個小孩的夢想，說明世界的多彩多姿。

旅行有很多方式，除了金錢、時間和體力上的耗費，還須具備熱情和動機。旅行不應該是單純的「吃、喝、玩、樂」，還是一種兼顧「衣、食、住、行」的「行動生活」，如何在旅行中安排生活，如何發現或感受不同生活帶來的「喜、怒、哀、樂」，我認為，自助旅行，更能讓人認識自己。

本書的作者陳素宜，是一位優秀的兒童文學作家，童話、小說、散文都寫得很棒。這本遊記記錄了她和畫家先生到歐洲自助旅行的經歷。路線包括德國、奧地利、義大利、法國、瑞士和捷克六個國家，旅遊點包括德國的新、舊天鵝堡；奧地利的鹽洞；義大利威尼斯的玻璃島、佛羅倫斯大教堂、托斯卡尼葡萄園、比薩鐵塔；法國的梵谷之路、農莊和阿爾卑斯山；瑞士的跳蚤市場、高山瀑布；捷克的布拉格、溫泉小鎮、彩繪塔……三十天的旅行，固然玩得緊湊精采，若下筆為文，同樣要靠著筆記、感想、圖片的整合和歸納。全程敘述就如「清明上河圖」的長卷，我讀的時候感覺走馬燈似的五色紛陳，美不勝收，一直到讀完第二遍並仔細寫下筆記，不得不讚嘆，作家無論取材的視角、剪裁和文字，都是非常用心和具有巧思的啊！

我從書裡讀到了什麼？

一、作者沿途描寫了許多自然風光，優美的文筆流露出心靈的美，讓讀者為之嚮往和陶醉。

二、針對「旅行也是一種生活」的概念，生動的寫下迷路、尋找車站指標、失而復得的錢包和護照、高速公路不同的收費方式，走到結尾，畫龍點睛的說起自己穿破一雙鞋，帶著滿滿記憶回家，真實中也有提醒。

三、不同文化的飲食習慣：肉桂麵包、酸馬鈴薯、醃高麗菜、羊奶起司、朝鮮薊的新鮮吃法及飲用帶有鐵鏽味的溫泉水……有趣而新奇，增加不少臨場感，相信大家都想嘗上一嘗。

四、作者的筆也像紀錄片那樣，流轉著旅行足跡。甚至包括途中遇到的狗狗牧飛、小山米、莉莉和賈斯伯，因而想念起家中的愛犬拉拉，想念著似曾相識的田園家鄉風光，想念著一樣的天空卻不同的氣味兒……我們羨慕畫家和作家夫妻有這樣的一趟旅程，帶著滿滿的幸福回家。

人們歡喜出門看世界，然而行囊裡也往往載著對家的思念！當讀者讀到「刺蝟筆插、長頸鹿鉛筆特別優惠臺灣旅客」的中文招牌，相信也不禁莞爾一笑吧！

目錄

【前言】

親愛的小兔子們，大家好：

星期三早上，大家一起「跟故事約會」的時間，已經有一年多了，這是兔子阿姨第一次請假喔！真不好意思，一請就請了一個月，我們減少了四次見面的機會啊。

應該是兩年前的事了。那時候，我都還沒認識你們這些小兔子呢，我和阿牛叔叔決定，要花一個月的時間，到歐洲自助旅行。歐洲離臺灣很遠很遠，大飛機要飛十幾個小時才能到達。阿牛叔叔買機票、訂旅館，兔子阿姨計畫旅遊路線，我們忙了一年多，現在終

於要出門了。

雖然有一個月不能跟大家見面，但是兔子阿姨心裡會一直想著你們。所以不能面對面說故事的時候，我決定寫信給你們，用電子信箱寄給陳老師。這樣，你們才不會忘記兔子阿姨呀！我把旅途中的所見所聞，跟你們分享，希望可以代替接下來一個月，你們沒聽到的四個故事喔。

親愛的小兔子們，接下來四個禮拜，請大家期待兔子阿姨寫信來喔！

好愛你們的　兔子阿姨上

4/21

花草樹林間
的教堂。

01

今年的第二個春天

親愛的小兔子們：

你們有沒有試過，一直坐在椅子上，十幾個鐘頭不能起來走動？哎呀，也不是完全不能起來啦，去上一下廁所還是可以的。好吧，舉個例子來說，就是你早上七點半到學校，下午放學後，又留下來課後輔導，一直到五點半才回家。這十個鐘頭，都坐在座位上，偶爾起來到教室後面，上一下附設的小廁所。在座位上吃飯、在座位上睡覺、在座位上看電視、在座位上發呆，連續十個小時喲！從桃園機場坐飛機到德國的法蘭克福機場，就是要這樣關在位置上十幾個小時，兔子阿姨坐得腰痠背痛，想睡覺又睡不著，好痛苦呀！

還好阿牛叔叔帶了他的水彩寫生簿，把他今年春天去寫生的風景畫，拿出來給我看。那是我們在臺東池上遇見的油菜花田，像是一片黃澄澄的海岸，吸引了一群群的遊客，蹲在花田裡照相。兔子阿姨最喜歡油菜花了，看到油菜花，就好像有一股輕柔的春風，吹走心裡的煩躁。只是，我們坐飛機的前兩天，才到新竹去看螢火蟲。螢火蟲的出現，就表示夏天來了，要看油菜花要等明年春天啦！

好不容易下了飛機，出了海關，我們坐電車到市區。先把行李寄放在預定好的旅社裡，阿牛叔叔決定到聯絡好的租車公司那裡，看看這一個月要載著我們到處跑的車子。就在這個時候，我們搞了一個超級大烏龍！

帶著在家裡查好的地址，我們又坐上電車，在一個叫做「哈德森」的小鎮下車。兩三個跟我們一起下車的人，很快的穿過地下道，消失在木頭柵欄外面，那條兩旁種著高大行道樹的馬路轉彎處。我們被行道樹上盛開的花朵吸引，在樹下忙著拍照。高高的大樹上，手掌大的綠色葉子，捧著一簇簇白色小花。有點像我們的油桐花，但是花朵的排列順序，完全不同。整棵樹由下到上分布著一枝一枝的花，這一枝花由許多小花組成，小花排成一圈疊上一圈，底下最大圈，往上一圈一圈變小，到了頂端剩下一兩朵。啊，就像是插滿一隻隻霜淇淋的聖誕樹啦，這霜淇淋還是白色的香草口味，上面點綴著顆粒細小、紅黃交雜的糖塊。

拍著拍著，我聽到了小小孩嘻笑的聲音。順著樹蔭往前走，我看見一間幼兒園，老師帶著一群洋娃娃在草地上玩遊戲。那草地，該怎麼說好呢？深深淺淺的綠色上，點綴著黃心白花瓣的小花，點綴著紫紅色的小燈籠花，點綴著藍紫色的小喇叭花。還有，還有，蒲公英絨毛種子球，像是白色透明的肥皂泡泡，在微風中輕輕搖擺，等到泡泡破了，種子就隨風飄向天空。

繼續向前，我們來到一間站在花草樹林間的教堂。這次插滿霜淇淋的聖誕樹，換成了草莓口味，整樹花朵變成紅的啦！旁邊小藥局的藥師告訴我們，這教堂只有兩三百年的歷史，不算太老，目前還在使用。我豎起大拇指，稱讚教堂十分美麗；阿牛叔叔問他租車公司的地址怎麼走。這才發現，我們走錯地方了！

原來我們坐電車的時候，坐了反方向的車子。我們現在要回到車站，坐回剛才上車的地方，不要下車，繼續往前才對。匆匆跟藥師道謝，我急著跑回車站等車，阿牛叔叔卻說不急不急，這裡晚上十點天才黑，時間還很充裕。可是我沒看到要租的車子，總是不太放心，害怕明天有什麼意料之外的事情，那就麻煩了，我責怪自己怎麼那麼粗心，連方向都會弄錯。阿牛叔叔卻說，這是一個美麗的錯誤，要是沒有誤入哈德森，我們就沒有機會遇見今年的第二個春天囉！

對欸，要是沒弄錯方向，我們就不會來哈德森了。親愛的小兔子們，你們知道兔子阿姨回到剛才下車的地方，看到什麼了嗎？一大片，一大片黃澄澄的，高高大大的油菜花！就在車站馬路的對面。我們剛才被行道樹上沒見過的花吸引，竟然沒看見，我最喜歡的油菜花！我和阿牛叔叔，像兩隻蜜蜂，在油菜花田鑽進鑽出，弄得身上都是黃黃的花粉！

哈哈，親愛的小兔子們，

不必替兔子阿姨擔心。現在是晚上十點鐘，我在旅館的書桌上寫信給你們，窗外的天空才剛剛暗下來。我和阿牛叔叔已經找到租車公司，也看到明天要開的車子了。我知道，我們一定會有一段快樂旅程的。晚安囉，小兔子們，祝你們

好夢甜甜

最喜歡你們的　兔子阿姨上

4/22

你看，那是有好幾個尖塔的夢幻城堡。

02

有時候靜靜的也很好

親愛的小兔子們：

兔子阿姨和阿牛叔叔開車在德國到處跑，已經快一個禮拜啦！德國的高速公路，真的沒有速限喔。就是因為這樣，阿牛叔叔開車就更加的小心謹慎。因為道路又寬又直，大家都遵守規則，所以還是很安全的。不過，也不是全線沒有速限，有些施工的地方，還是要注意路邊的標示。

前幾天，我們來到德國南部，住在小鎮施萬高的民宿裡，在開滿黃色蒲公英花朵的後院，看得到遠遠的兩座城堡站在兩個山頭遙遙相望。黃色牆壁蓋著橘紅屋頂的是舊天鵝堡，一百多年前一個浪漫的王子在這裡長大。他很喜歡騎士和公主的故事，當上國王以後，決定在對面的山頭，蓋一座白色的，有好幾個尖塔的夢幻城堡。裡面有很多天鵝造型的裝飾，人們稱它為新天鵝堡。你們要是看到它，一定會有人跟兔子阿姨說，好像在哪裡看過這座城堡。沒錯，新天鵝堡是德國最出名的一座城堡，迪士尼樂園裡的城堡，就是參考它的樣子蓋的。

千里迢迢的來到這裡，當然不是這樣遠遠的看看就好。第一天中午住進民宿，馬上背起背包，順著牧場林間的步道，向城堡區前進。路上不少跟我們一樣走路進城的遊客，兔子阿姨看到一個金髮姑娘，頭上戴著一個蒲公英花環，還真是漂亮呢！也有一些人騎著自行車，刷一聲，帶著森林裡的清風前行，真是逍遙自在。

我們來到城堡區，已經是傍晚時分。載客上山去新天鵝堡的馬車和巴士，都已經休息了，參觀導覽的時間也已經結束。我們坐在舊天鵝堡側門的椅子上，一邊啃麵包加大黃瓜，一邊看著夕陽把對面山上的白色城堡染成金黃色。遊客越來越少，最後放眼望去只剩下阿牛叔叔和我兩個人。繞著城堡圍成一個大圈圈的路燈，一盞接一盞的亮起來了，天邊也有幾顆星星開始眨眼睛，城堡世界一點聲音都沒有。親愛的小兔子們呀，有時候靜靜的也很好，在這個沒人打擾的世界，說不定等一下會有精靈出現喔！

第二天一早，我們又來到城堡區，跟一大群人一起坐巴士來到了新天鵝堡，走過一小段山路，爬上了瑪麗亞橋，聽說這裡是欣賞

整個新天鵝堡的最佳景點。兔子阿姨一邊排隊照相，一邊想著昨天晚上夕陽星光下的城堡，真的覺得有時候靜靜的也很好。

欣賞了人類建築的歷史，接下來我們要去探訪大自然的傑作。在阿爾卑斯山山麓深處，有一個美麗的湖泊，叫做「國王湖」。它是冰河切割高山而形成的，德國人非常保護這個湖泊，只有手划船和電動船可以在湖上行駛，所以沒有汙染，湖水清澈見底。我們在碼頭買票坐上電動船，進入深山裡的大湖。滿滿一船的人，在導遊風趣幽默的介紹中，笑語連連。只有聽不懂德語的阿牛叔叔和兔子阿姨，張大眼睛欣賞外面的湖光山色，偶爾轉頭跟著船艙內的歡樂氣氛，傻傻的哈哈兩聲。過了一會兒，船在大湖中間停下來，船長拿著一把小喇叭，爬上了船頂。所有的人都閉上嘴巴，安安靜靜的聽船長吹奏。剛開始沒有注意，後來，兔子阿姨真的聽到了山谷中的回音，好像在遠遠的，湖的另外一頭，也有人在吹奏這首曲子。這時候，大家一起靜靜的聆聽湖上山谷回音，真好！

電動遊艇繼續向前行，大夥兒在第一個停靠站下船。這裡有一個紅色洋蔥頭屋頂的教堂，在青山綠水之間，顯得特別美麗！裡面供奉了照顧阿爾卑斯山間的農民跟擠奶工人的聖人巴多羅買，所以叫做「聖巴多羅買」教堂。阿牛叔叔在湖邊拿出寫生簿，認真的畫起圖來。兔子阿姨先看著湖上的綠頭鴨游水洗澡吃東西，再走到林間草地欣賞各種顏色的小花，最後在暖暖的陽光下，看著遙遠山頭上的靄靄白雪，聽著湖邊唰唰水聲，慢慢的、漸漸的、就要睡著啦！真的，有時候安安靜靜也很好呀。

等阿牛叔叔完成一幅畫，我們又搭上遊艇前往更裡面的上湖。這回船上沒有別的客人，導遊

用簡單的英語跟我們溝通。船長特別把船駛近湖邊高山上衝洩而下的瀑布，還讓我們輪流在駕駛座上拍照留念。下船走一段山間小路，又遇見了一個安靜美麗的湖泊。清澈見底的湖水上面，倒映著高山上的綠樹白雪。坐在湖邊的長椅上，平常愛講話的兔子阿姨，有了一種新的想法。真的，有一些時候，安安靜靜也很好啊！

親愛的小兔子們，你們是不是也有這樣的經驗呢？祝福你們上學快樂

愛你們的　兔子阿姨上

4/26

啊～～～

03

很久很久以前

親愛的小兔子們：

這幾天，我們沿著阿爾卑斯山的公路，離開德國，來到了奧地利，住進一間超級豪華的大民宿。滿臉笑容的民宿女主人，站在門口迎接我們，帶我們爬上三樓。經過一二樓的走廊，牆上掛著泛黃的大合照，和幾張人物頭像的畫作。她用簡單的英語跟我們介紹，那張金色捲髮，穿著白色蕾絲襯衫，深色背心裙的美女，就是她的媽媽；那張戴著帽子，含著菸斗的老人家，是她的爺爺；那張大合照是當年來小鎮拓荒的開墾者，前排左邊第三個，是她們家的長輩。哇！看樣子，我們來到了歷史悠久的家族了。

就在轉身上三樓的時候，我看到一幅十字繡的作品，裝上畫框，掛在中間最顯眼的位置。白色的底部，被歲月染成淡淡的米黃，紅色繡線依然鮮亮的繡出三種不同趣味的英文字母。從ＡＢＣＤ到ＸＹＺ，流暢的線條，遊走出美麗的字體。最讓我瞠目結舌的是最底下一層的四個數字：１９１１。女主人說這是家裡老奶奶十歲時的作品，距離現在已經有一百多年了。哎呀呀，喜歡拼布的兔子阿姨，馬上決定回到臺灣也要拼一幅壁飾，給我的孫女兒掛在牆壁上。

來到三樓，好大的一間客廳，外面陽臺幾張舒服的躺椅加抱枕，可以看到青山腳下翠綠的牧場，一列鮮紅的火車駛過。臥室裡古色古香的衣櫥櫃子和一張大床，蓬鬆的枕頭上，放著一顆香甜的巧克力！最棒的是，主人說這兩天沒其他住客，整層三樓都是我們的啦。

舒舒服服睡個好覺，我們一早就出發去看最古老的鹽洞了。把車停在停車場，坐著覽車往上爬。說來奇怪，這個鹽洞不在海邊，卻在高高的山上。這些鹽，是怎麼跑到這座大山的肚子裡的呢？

一位美女解說員，發給每人一套工作服，罩在自己的衣服外面，然後跟她走進鹽洞裡。她先用德語說明岩坑的開採歷史，再用英語說明一遍。德語完全不行，英語只能聽懂一點的兔子阿姨，雖然認真的聽，也了解得不多。還好裡面有先進的視聽設備，運用影片和一些投影圖片，讓聽不懂的人也看得懂！

原來很久很久以前，大概有七千多年前了，地殼變動擠壓，本來是海的這裡逐漸隆起成為高山，山頂的大湖留下了許多海水。海水蒸發產生了鹽，又被隆起的地殼覆蓋，於是鹽巴就留在山肚子裡面，海鹽變成了岩鹽，直到人們發現了這些鹽，開始鑿洞開採。

觀光客最感興趣的是，當年挖礦工人用來運鹽的木造溜滑梯。大家聽完解說員的說明後，排隊坐上溜滑梯頂端，兩手抱胸兩腳伸直，

半躺著身體溜下來。兔子阿姨剛開始有點害怕，坐在溜滑梯頂端，一直不敢往下滑。後來看見大家都安全落地，而且高興的豎起大拇指說讚，甚至有人從旁邊的梯子爬上來要再溜一次，兔子阿姨一咬牙，大叫一聲啊，也就滑下去了。親愛的小兔子們，阿牛叔叔幫我拍的照片是不是很帥呢？

最後我們坐上運鹽出坑的軌道車，等著呼呼的風聲，衝出了鹽洞。美女解說員還送我們一人一小瓶岩鹽當做紀念品呢！

坐在觀景臺的木頭椅子上，我們一邊啃雜糧麵包配水煮蛋和番茄、蘋果，一邊欣賞山下湖邊小鎮風光。層層疊疊的木頭房子，點綴著幾座尖頂教堂，倒影在綠色的湖水上面，輕輕盪漾。一艘白色的遊艇，從這邊的碼頭航向對岸，船尾在湖面畫出兩道清晰的水紋。兔子阿姨想到了民宿牆壁上，百年的十字繡；想到了大山肚子裡的木頭溜滑梯，這些都是很久很久以前的事物了。現代科技發達，各式各樣美麗的衣服布料，各式各樣方便的運輸工具，為什麼還要留著那些老東西呢？

一群跟著老師來校外教學的孩子，嘻嘻哈哈的穿過景觀臺，走向鹽洞的入口。他們打斷了兔子阿姨的胡思亂想，讓我想到遠在千里之外的你們。是了，就是為了孩子呀！為了讓孩子知道很久很久以前，發生過什麼樣的事情；讓孩子了解，很久很久以前，人們怎樣過生活；為了讓孩子明瞭，很久很久以前，人類怎樣來到了現代。

親愛的小兔子們，我們要看的的東西，還真的是很多很多呢！祝

期中考一百分

愛你們的　兔子阿姨上

4/28

船是威尼斯的主要交通工具。

04

兔子阿姨小學生

親愛的小兔子們：

你還記得剛上一年級的時候，什麼都不知道，什麼都要問人家的感覺嗎？憋了一節課的尿尿，鐘聲響了卻不知道廁所在哪裡；好不容易等到第二節下課，老師卻一直沒有發點心；弄清楚一年級沒有點心，肚子餓了要自己去福利社買麵包，卻搞不清楚福利社要怎麼去；或是一個麵包是五塊錢還是十元？還有，還有，到底從溜滑梯和盪鞦韆遊樂器材區那裡，回到教室最近的路是哪一條呢？好多好多的問題，一件一件的都要請教別人哪！

阿牛叔叔和兔子阿姨從走出飛機艙門開始，感覺自己好像回到了國小一年級，上學的第一天，什麼都不知道，什麼都要問人家，這時候特別感到英語的重要。德國海關人員一邊翻看護照，一邊問阿牛叔叔一些話。英語跟兔子阿姨一樣破的阿牛叔叔，回頭指指兔子阿姨。海關是個金髮帥哥，跟我比個酷酷的手勢，要我上前跟阿牛叔叔一起站。他問我們來德國做什麼，我們兩個比手畫腳加上英文單字，再加上家裡準備好的中英文旅遊計畫表，總算讓他知道，我們要來自助旅行一個月。他終於在護照上蓋了入境章，還預祝我們旅途愉快。

接下來的考驗，是怎樣使用鈔票和錢幣。在臺灣出發前，我們先到銀行去換錢。歐洲國家使用歐元，新臺幣大概四十塊錢左右，換他們的一元。所以兔子阿姨在這裡看到價錢，都在心裡先乘四十倍。像是從機場坐電車到火車站，一個人要四歐元，大概一百六十元左右。唉，麻煩的是，賣票的是個機器，我們按來按去按不出票來。還好一位西裝筆挺的男士，忍受我們破碎的英文，教我們怎樣跟售票機打交道。來到超市，麵包大特價，一個零點八七分！是分喔，不是元。一元等於十分，零點八七分歐元，等於新臺幣幾元呢？哎呀呀，算得兔子阿姨一個頭兩個大了！除了各種顏色的紙鈔，還有各個大小的硬幣，付錢的隊伍排得好長，兔子阿姨怕耽誤大家的時間，只好在桌上攤開一堆錢幣，給收錢的先生小姐自己拿啦！

要學的東西實在太多了。有些國家的高速公路不收費，有些國家的高速公路收現金，有些國家的高速公路要先買卡；有些地方的停車場不收費，有些地方的停車費要先繳，有些地方先計時再收錢，最特別的是，有些地方停車時，還得在車裡放個車外看得見時間的時鐘！其實收費亭有說明，但是寫的是我們看不懂的文字啊。這時候附近路過的人，就是最好的老師囉！

今天我們來到了義大利，住在威尼斯城外，坐公車六站的旅館裡。吃過晚餐，天色還很亮，我們打算進城去看威尼斯夜景。老城裡停車位不多，所以我們搭公車過去。在公車牌下等待，一個東方面孔的女孩跟我們微笑，她看我們手上拿著地圖，問我們是不是要去威尼斯。如果要去威尼斯，要到對面等才對。哇！她說的話我完全聽得懂呢。謝謝她後，阿牛叔叔拉著我，趕緊到對面等車囉。

來到以船為主要交通工具的威尼斯，色彩鮮亮的房子，一排排站在水道旁邊，一道道拱橋跨過水道，接通了人行步道。我們忙著四處拍照，鏡頭裡的陽光逐漸黯淡，街燈一盞一盞的亮了起來。拍著拍著，阿牛叔叔發現，我們迷路了！

小巷裡的行人越來越少，大家都腳步匆忙，看起來像是急著回家的上班族，不是隨意遛達的觀光客。玻璃門上鎖的紀念品店裡，琳瑯滿目，安安靜靜的熱鬧著。阿牛叔叔拉長脖子東張西望，嘴裡念念有詞的念著，廣場在這邊，教堂在那邊。兔子阿姨卻發現，我們已經走過那家擺滿華麗羽毛面具的小店三次了，心裡開始著急起來！

遠遠的，傳來人群吱吱喳喳，嬉鬧談笑的聲音，其中一個低沉的男聲，特別的清楚。雖然兔子阿姨不知道他說些什麼，但是我知道救兵來了！一面三角形的旗子，在晚風中飄動，從遠處橘色的街燈下移動過來。一個導遊領著十幾個人的旅行團，穿過我們迷失的小巷，前往下一個景點。大概是在趕行程吧，一群人很快的鑽進右手邊的巷子。我們抓住機會，在隊伍最後面，跟著三角形的旗子前進。我們想導遊一定帶團員去大景點，不然就是回到遊覽車停車場，只要我們到了那些地方，就可以找到公車站的指標啦！

跟在旗子隊伍後面，兔子阿姨好像回到了國小一年級的遠足，和同學手拉手跟著老師向前走，心裡沒有著急和驚慌。我知道老師會把我們安全的帶到目的地。

小兔子們呀，還是不必替兔子阿姨擔心，這封信是在旅社小桌上寫的。明天我們要再去一次威尼斯，看看今天沒有看到的地方呢！

祝你們

有快樂的一天

愛你們的　兔子阿姨上

4/29

綠色的大花，
要怎麼吃？

05

朝鮮薊的吃法

親愛的小兔子們：

你們知道朝鮮薊有幾種吃法嗎？

看到這個問題，一定有人會問兔子阿姨，朝鮮薊是什麼啊？本來兔子阿姨也沒吃過朝鮮薊，只是在外國的美食節目裡見過它。還沒處理前，看起來像是一朵美麗的花，大概有一個拳頭那麼大，綠色的花瓣鑲著紫紅色的邊邊，層層疊疊包住看不見的花心，頂在一根長長的花柄上。感覺應該是插在花瓶裡看漂亮，而不是擺在盤子上，吃進肚子裡的東西。

來到歐洲的第二天，就在德國的超市看見一架子這種綠色的大花。價錢不貴，又很漂亮，兔子阿姨一時衝動拿了兩朵，完全不管自己根本就不知道要怎樣弄來吃。結帳的時候，問了一下收錢的年輕妹妹，這東西怎麼吃。她連連搖手又搖頭，不知道是聽不懂我說什麼，還是她也不知道朝鮮薊的吃法。

於是這兩朵花跟著我們從德國到了奧地利，住進豪華的大民宿，放在設備齊全的廚房裡。兔子阿姨在網路上看到，有人用水煮，有人用蒸的，還有人用烤的，就挑了一個最簡單的用水煮。先把像花瓣一樣的外殼洗乾淨，放到清水中加入半顆檸檬水煮；等青綠的殼變成橄欖綠，再等一下下就可以關火放涼。

接著就是品嘗大典開始啦！我和阿牛叔叔一人一朵，先把有點像竹筍殼的花瓣外殼剝下來，每一片底部較厚的地方軟軟嫩嫩的，有點像筊白筍的口感，一邊剝一邊吃，越裡面越嫩的外殼，可以吃的部分就越多。漸漸的，花瓣外殼越來越少，出現了一些鬚鬚。鬚鬚不能吃，清除乾淨，主角就出現了！一個圓圓的小盤子一樣的東西，

有一點點厚度，吃起來有點像是菱角，又有點像是栗子，鬆軟綿密的感覺，雖然清淡無味，但是我還滿喜歡的。

看著滿桌不能吃的殼和鬚鬚，我發現可以吃的部分真的不多！不過嘗嘗看新奇的食物，也是旅行美好的經驗之一呀！親愛的小兔子們，千萬不要以為我們今天沒出門，關在旅社回憶前幾天的行程。其實，我們今天在威尼斯搭船搭得好過癮。先去拜訪了玻璃島，看過精緻的玻璃藝術品；再到彩色島，看看顏色大膽鮮亮的房子，在藍藍的天空下，倒映在水道中。傍晚回到威尼斯，看著觀光客坐在貢多拉船上鑽過嘆息橋。兔子阿姨最愛的還是那隻長著翅膀、愛看書的大獅子，祂可是威尼斯這個大城的守護神呢！

最後，我們來到了著名的魚市場。穿過一排紀念品小店，就是生鮮蔬果的店家。在一束束乾辣椒紮成的鮮紅花束，黃色檸檬堆疊而成的小山之間，我看到了一箱綠色的朝鮮薊，一箱紫色的朝鮮薊，像花朵一般燦爛奪目！蔬果架前面，有幾桶清水，泡著一片片白色圓形的東西，看不出來是什麼。阿牛叔叔笑著問我，還要不要吃水煮朝鮮薊，我搖搖頭說太費工了。一陣樂聲傳來，三位男士在轉角的大圓柱旁邊，唱起歌來。輕快的節奏，優美的和聲，吸引不少遊客圍觀。阿牛叔叔也跟幾位遊客一樣，在他們面前倒放的帽子裡，放了幾個錢幣。

轉過圓柱，另一頭的蔬果攤，也有一箱箱的朝鮮薊。一個穿著圍裙，吹著口哨的男士，一手拿刀，一手拿起一個朝鮮薊，刷、刷、刷、刷，三兩下就把花瓣硬殼削掉，剩下白白圓圓的小盤子，丟進腳邊裝著清水的桶子裡。

哎呀呀，原來那清水裡泡著的小圓盤，正是處理過的朝鮮薊啊！

親愛的小兔子們，你們知道朝鮮薊有幾種吃法嗎？兔子阿姨雖然來到了歐洲，雖然上網去查了又查，我知道一定很多很多種，跟清水煮一煮不同的方法，等著我們去發現喔！祝你們

上學快樂

愛你們的　兔子阿姨上

4/30

趕緊離開吧！

06

運氣真不好，還是運氣真正好？

親愛的小兔子們：

今天早上發生了一件非常、非常奇怪的事情，一直到現在，我還不知道自己是運氣真不好，還是運氣真正好？

前兩天從威尼斯出發，參觀佛羅倫斯的大教堂後，天氣就一直不好。來到了盛產葡萄酒和橄欖油的托斯卡尼，本來以為可以看到豔陽下的葡萄園和橄欖樹，沒想到是一片溼答答的雨景。還好民宿提供的橄欖油拌一拌超市買回來的生菜，煎一煎丁骨大牛排，配上民宿自釀的紅、白葡萄酒，美酒佳餚讓我們覺得，大雨中的托斯卡尼，別有一番情調！隔天在大雨中告別橄欖樹和葡萄園，還好雨神沒有跟我們來比薩。今天早上陽光美好，我和阿牛叔叔心情愉快的背起包包，要去參觀小時候就在課本上見過照片的比薩斜塔。

經過火車站的時候，一個手上抱著娃娃，還拿著一塊大紙板的婦人，靠到兔子阿姨身邊來，嘴裡哇啦哇啦的不知道說些什麼。我完全不知道她想要做什麼，阿牛叔叔拉著我向前走，婦人硬是擋在我面前，嘴裡還是不停的說著我聽不懂的話。我們三個人又推又拉的，大概三、四分鐘，路過的行人一個個超過我們向前，沒人停下來看發生什麼事情。好不容易，阿牛叔叔終於把我和婦人分開，我趕緊向前面走去，婦人也沒有再跟上來。到了下一個街口，我們看見一群舉標語、喊口號的遊行群眾，對面有幾排配備齊全的鎮暴警察盯著他們看。搞不清楚狀況的我們，決定趕快離開這個街口，繞道去參觀斜塔。轉身正要離開，有人輕輕拍我的背，拿著東西要塞給我。

是剛才那個抱著娃娃，拿著紙板，一直擋在我前面的婦人！不知道什麼時候，她又靠到我身邊來了。阿牛叔叔拉著我的手，要我趕緊離開。我低頭看見她塞進我手中的東西，馬上倒吸了一口氣，頭皮發麻，嚇出了一

身冷汗！

天哪，那是我的錢包和裝著護照的手作小袋子！錢包還是小事，我們大筆的錢藏了起來，錢包裡只放了一些隨身零用錢；麻煩的是護照掉了，就要報警，準備照片、證件和資料，到我國的辦事處去重新辦理新護照。不然，別說想按行程繼續走，連回國都有問題呢！只是，我的錢包和護照，明明放在胸前的斜背包裡面，隨身攜帶的呀，怎麼會在她那裡？低頭再看斜背包，開口的拉鏈整個拉開，裡面只剩下太陽眼鏡袋子。本來一起放的錢包和護照袋子，經過婦人的手，塞進我的手裡。

一直到現在，坐在民宿小客廳裡，寫信給你們的現在，兔子阿姨還是搞不懂，到底發生了什麼事情。是我的東西掉了，被她撿到，她還給我嗎？可是我十分確定，斜背包的拉鍊是拉好的，不可能掉東西。而且，太陽眼鏡沒掉呀！我很不願意想，是她第一次擋在我面前時，手法迅速的拿走了我的東西。可是，後來我們找了人少一點的地方，仔細的把錢包和袋子檢查幾遍。錢包裡的錢完全沒少，護照也還在，她為什麼要拿走這些東西，又原封不動的還給我呢？阿牛叔叔在網路的旅遊論壇上，看到有人提醒大家，要小心抱著小孩，拿著紙板的婦人，她們偷東西的手法十分俐落。我眼睛盯著螢幕，心裡還是不願相信，婦人會是小偷，她真的把東西都還給我了呀！

離開了車站熱鬧的大街，我們還是按照原計畫參觀了比薩斜塔，跟其他的觀光客一樣，在斜塔前面擺出各種好玩的姿勢照相。只是，兔子阿姨心裡總是怪怪的，高興不起來。大概是被護照失而復得的事情嚇到，一時沒辦法完全恢復吧。回來民宿的路上，我們看到一個全身塗著紅色金漆，假裝是一座銅像的街頭藝人，坐在一張隱形的椅子上。一個媽媽掏出錢幣，讓男孩放在金漆銅像腳邊的盒子裡。銅像活起來了，和男孩擊掌合照。阿牛叔叔也放了幾個錢幣在盒子裡，銅像又活起來了，他對我招招手，做個手勢表示要跟我一起照相。我們很有默契的張開嘴巴，翹起嘴角，做出大大的笑臉，再豎起兩手的大拇指，用力比個讚。

笑臉真的很有用，兔子阿姨感覺好多了。現在我總算有心情問一問，親愛的小兔子們哪，你覺得我是運氣真不好，還是運氣真正好呢？祝你們

今天運氣真正好

愛你們的　兔子阿姨上

5/3

我要當畫家。

07

希望他自己知道

親愛的小兔子們：

經過比薩的驚嚇事件，我們還是按照原訂計畫，繼續在義大利旅行兩三天。五個建築在海邊山崖上的漁村，壯麗的景色，有一點像我們臺灣蘇花公路上的風光。不同的是陡峭山坡上一層疊上一層的房子，都大膽的塗上鮮亮的橘色和黃色，映襯得大海更加蔚藍；小房子的角落，一盆小花，幾個玩偶，點綴著主人愛美的心情。

閒逛五漁村的晚上，沒有注意火車班次，忘了算準時間，八點半左右，就在月臺上等待九點四十分的末班車。太陽早已經下山，氣溫漸漸下降，兔子阿姨拿出羊毛圍巾，把脖子和頭都包了起來。轉頭看見月臺外面，遠遠的海平面上方，深藍色的天空浮現了七顆星星。

那是北斗七星呀，在我家頂樓的花園，也可以看到這幾顆星星呢！突然之間，我好想好想我家頂樓的小花園，好想好想每個星期三，聽我說故事的小兔子們呀！算一算日子，我離開家，離開臺灣，已經有十幾天了呢！

昨天從義大利進入法國，今天來到了小鎮聖雷米。愛畫畫的阿牛叔叔特別興奮，因為一百多年前的大畫家梵谷，曾在這裡住了一年多，將這裡的風景，畫成一幅幅美麗的圖畫。現在這裡有一條梵谷之路，把梵谷留下來的畫和實際風景對照，還把當時梵谷住的療養院保留下來，當做美術館。今天我們就是要來好好的走一趟梵谷之路啦！

在旅遊中心拿了地圖出來，興致勃勃的往前走，卻是越走越不對勁。看過橄欖樹園對照梵谷畫的橄欖樹後，就一直找不到下一個景點。兩旁安靜的住宅區，整理得花木扶疏的庭園，只有一匹安靜的木頭馬站著。一個男孩騎著腳踏車經過，卻因為聽不懂英文跟我們搖手。還好迎面來了像是一家人的遊客，其中的媽媽主動告訴我們可以幫忙指路，還說他們也剛參觀過美術館回來。

原來我們的方向並沒有錯，只是缺乏信心，只要繼續向前走就對了。前面會遇到一面古老的石牆，正是梵谷畫中的石牆呢！謝過熱心的媽媽，我們朝石牆走去，果然遇見了梵谷畫裡充滿生命力的紫色鳶尾花，和那一道年代久遠的石牆！

阿牛叔叔告訴我，梵谷是個悲劇性的畫家。他嘗試過許多不同的工作，在畫廊裡賣畫，在書店賣書，當過老師，做過牧師，但是一直

都覺得不快樂。年紀很大了才決定要當畫家，非常努力的學畫、畫畫，畫出來的作品，卻得不到當時人們的認同，他在世時僅僅賣出一幅作品！所以生活窮苦，全靠弟弟的支持，才能繼續畫下去。麻煩的是，情感豐富的梵谷，卻常常控制不了自己的情緒，很不會處理人際關係。其實，他在聖雷米的住處，當時是個精神病療養院，他是自願到這裡來休養的。聽到這裡，兔子阿姨的心情突然沉重起來。原來這些色彩濃烈，韻律跳動的圖畫後面，竟然是如此不快樂的一個人哪！阿牛叔叔還要我猜猜看，梵谷的一幅畫，現在值多少錢。我搖搖頭，猜不出來。阿牛叔叔說，至少也有上千萬美元哪，梵谷是現在大家公認最偉大的畫家之一呢！

療養院是一棟小小的建築，圓拱頂的走廊，雕花的廊柱，圍著一個中庭。中庭裡是個美麗的小花園，玫瑰花叢從一樓爬上二樓，開滿鮮豔芬芳的花朵。梵谷的房間不大，擺了一張鋪著白色床單的鐵製床，旁邊還有一個畫架。牆上一張畫，正是梵谷畫自己的房間一角。室外的庭園中，有一座梵谷全身銅像。瘦瘦高高的他，手裡抱著向日葵，表情嚴肅的凝視遠方。

不知道他心裡想些什麼呀！兔子阿姨真希望，梵谷自己能夠知道，他的堅持已經得到世人的認同。他的作品是公認的偉大作品；他，是公認的偉大作家！親愛的小兔子們，兔子阿姨決定，回到臺灣後，要找機會，跟你們說一說梵谷的故事喔。祝你們

畫圖課快樂

愛你們的　兔子阿姨上

5/6

在安納西水上皇宮運河河岸享受愜意的午茶。

08

小瑪拉生日快樂

親愛的小兔子們：

我一直記得，那次跟你們說了十二生肖的故事，才發現自己跟你們班上一半以上的同學一樣，都是屬兔的。從那時候開始，你們就一直叫我兔子阿姨；我也高高興興的叫你們小兔子。算一算，我們整整差了二十四歲呀！都一樣屬兔這件事，讓我們知道我們是同一國的。

昨天，我跟阿牛叔叔住進了一個美麗的法國農莊。木頭欄杆把高山腳下的一片草原，圍出幾個區塊。較遠的那一區，有幾匹馬緩緩的搖著尾巴在吃草；靠近房子的這區，綠草叢中開著小黃花、小紫花、小藍花之外，還有一些火紅的罌粟花，在微微風中，輕輕擺動。一個年輕媽媽，帶著一個小女孩，在門口迎接我們。小女孩一頭金髮披在肩膀上，圓圓的臉蛋，圓圓的大眼睛。她用簡單的英語告訴我們，明天是她的生日，還伸出五個手指頭，表示自己就要五歲了。年輕媽媽跟女兒一樣親切可愛，她的英語也不是很好，比手畫腳的跟我們介紹共用的廚房餐廳之後，就帶我們上樓看看今晚要住的房間。她還告訴我們，可以叫她瑪拉。至於小女孩嘛，她的名字太長了，我們大概很難發出那種音來，所以就叫她小瑪拉好啦！

大瑪拉把我們安頓好，匆匆忙忙的帶著小瑪拉，開車出門去了。她要先送小瑪拉去上英文課，再去接兒子，也就是小瑪拉的哥哥回家，兒子的網球課就快要下課了。哎呀呀，小兔子們哪，還真是天下的媽媽都是一樣的，為了孩子好，總是跑來跑去非常的忙碌。

大小瑪拉出門去了，阿牛叔叔和兔子阿姨也背起背包出門。我們去參觀了號稱「阿爾卑斯山的陽臺」的安納西城。阿爾卑斯山脈上的皚皚白雪，融化成水流入安納西的大湖，湖水清澈透亮。人們的各式船隻和水鳥和平相處，一隻鳥媽媽帶著毛茸茸的四五隻小寶寶，在遊艇之間穿梭。幾隻純白的天鵝浮在倒映著大樹和尖頂教堂的湖水上面，遠遠的山頂上還有尚未融化的積雪。

老城中有一條運河穿過，運河中間的小島上，有一座石頭建築的皇宮，形狀像是一艘大船。這座有好幾個尖頂的三角型大船，已經停在這裡好幾百年了。現在河的兩岸是一家接一家，撐著大陽傘、擺著桌椅的餐廳。不少遊客在這裡散步、拍照、吃東西，他們說這裡風景很美，稱得上是法國的小威尼斯。前幾天剛去過威尼斯的兔子阿姨卻覺得，安納西水上皇宮有自己的美麗，並不會輸給威尼斯喔！

走著，走著，兔子阿姨看到了天上半圓的月亮。在我的家臺灣，看到的也是這半圓的月亮吧？半圓？那農曆該是幾日了？我拿出手機查看日曆，啊呀呀，小瑪拉的生日，正是我的農曆生日呀！就在今年，我和小瑪拉算是同一天生日喔。跟小兔子們一樣的親切感，來到了小瑪拉身上，兔子阿姨決定送個禮物給她，祝她生日快樂！

昨天晚上回到農莊，我想到了在德國海德堡的書局買的那本故

café

事書，小小的只有巴掌大，寫的是小土撥鼠摩爾上天下地的奇遇，還配上了生動美麗的圖畫。我從行李箱裡把書翻出來，在內頁用中文寫了「生日快樂」四個字，請大瑪拉幫我轉交給已經睡覺的小瑪拉。年輕媽媽好高興哪，她告訴我，兒子在學校學過那幾個中文字，她知道那是什麼意思。她代替女兒跟我說了好幾聲謝謝！

今天一早，行李都已經搬上車，我們要離開法國，前往瑞士了。大瑪拉剛好開車回來，車才停好，戴著安全帽的小瑪拉就開門跳下來，嘴裡哇啦哇啦一連串我聽不懂的話，夾雜著幾句英文的謝謝。原來她去學溜冰剛下課，聽媽媽說我就是送故事書的阿姨，她就急著跟我道謝。我說不客氣，今天也是我的生日喔。大瑪拉皺起眉頭責備我，昨天告訴她的話，她會為我烤一個蛋糕。小瑪拉什麼都沒說，一溜煙跑到草地上，摘了一朵小花送給我！哈哈，我覺得這就是最棒的生日禮物啦。

親愛的小兔子們，我聽到了，聽到你們一起大聲說的，「兔子阿姨生日快樂」啦！這也是最棒的生日禮物啦！祝你們在兔子阿姨生日這一天

事事如意

愛你們的　兔子阿姨上

5/8

賈斯伯是一隻可愛的米格魯！

09

遇見賈斯伯

親愛的小兔子們：

自從家裡認養了迷你長毛臘腸狗拉拉之後，兔子阿姨在街上自然而然的會去尋找狗狗的身影。就算來到了歐洲，我還是會特別注意，附近有沒有狗狗出現。有時候，只是遠遠的看看牠們，然後擦肩而過。有時候，會跟牠們的主人講講話。有時候，跟主人講過話，還可以蹲下來跟狗狗玩一下。

來到歐洲，最先跟我們玩在一起的狗狗叫做牧飛。他是我們住在海德堡的時候，民宿主人喬養的馬爾濟斯。那天早上要出發去參觀古堡，我們的車子卻在鬧彆扭，導航沒有作用。熱心的喬來幫忙時，一團銀灰色的小毛球，刷的跳進車裡，然後從瀏海鬚鬚之間，用兩個靈活的大眼睛看著我。喬和阿牛叔叔比手畫腳的討論導航的問題，牧飛陪我在一旁關心。後來我把手機裡拉拉的照片給喬看，他興奮的抱起牧飛跟我們來個大合照，還叮嚀我們有一天要帶拉拉來和牧飛玩。

過了幾天，忘記是在德國還是奧地利，一個下著毛毛細雨的傍晚，我們穿過古堡的石頭路，迎面來了一位年輕的男士，牽著一條白底黃斑點的狗狗。我沒有請教男士的尊姓大名，倒是知道了狗狗叫做山米。雖然只跟小山米玩了一下下，我們就分道揚鑣了，但是他真的有安慰到我想念拉拉的心情。

跟狗狗的第三次近距離接觸，是在義大利參觀五個小漁村時的住宿點。民宿老闆娘養了一隻大白狗，叫做莉莉。莉莉總是安安靜靜的在一樓小花園活動，有時候悄悄的穿過玫瑰花叢；有時候懶懶的趴在白色樓梯的轉角。我經過他的身邊，總是習慣性的摸摸他又拍一拍，他也很合作的忍受我的騷擾。要離開的那天早上，莉莉趴在放著一盆橘色貓臉花的白色木門邊。我要阿牛叔叔幫我和莉莉拍張合照，我知道，就像牧飛和山米一樣，或許這是我們唯一一次的見面呢！

今天一大早，我們從法國來到瑞士，繞著一個大湖上上下下，欣賞山坡上的葡萄園梯田，還有點綴其中的農舍和尖頂小教堂，不時還有白色紅線條的火車繞著山頭跑。風景很美，可是兔子阿姨總覺得少了些什麼。直到我們經過一間農舍的小花園，矮樹叢圍成的綠籬笆中間，鑽出一個毛茸茸的小腦袋，衝著我們汪汪叫，兔子阿姨才承認，我又開始想念小拉拉了。

來到山下，小鎮路上行人不少，原來今天星期六，大家都放假了。眼尖的阿牛叔叔發現，路邊小廣場有個小小的跳蚤市場。雖然車子已經開過頭，兔子阿姨堅持回頭去看看那個跳蚤市場，不是特別想要買什麼東西，就是想看一看真正的跳蚤市場。

顧攤子的是兩位媽媽級的女士，小攤子上有鞋子、衣服、包包，還有書籍、工具和餐具茶具各種生活用品。雖然一眼就可以看出不是新東西，但都整理得乾乾淨淨的。我最先看上的是一雙暗紫紅色的登山鞋，試穿一下，完全就是我的大小。瑞士不用歐元，用的是瑞士法郎。一瑞士法郎換新臺幣大概三十五塊錢。年輕媽媽伸出兩個手指頭，告訴我二手登山鞋的價錢。七十元？不會吧？兔子阿姨又看了一下鞋子，哎呀，左腳內側的鞋底有一條裂縫！老闆看了直跟我說對不起，馬上收起來不賣了，還客氣的請我看看別的東西。我翻翻書，有一本大鯨魚繪本，畫得很好；還有一組花紋細緻美麗的茶壺和杯子。要是跳蚤市場在我家旁邊，我一定全部包起來帶回家。想到塞得滿滿的行李箱，只好忍痛割愛啦！最後，我買了一個咖啡色細條紋格子的斜背包，取代身上這個有破洞的小包包，只要臺幣三十五元！還跟兩個老闆娘一起拍張笑容超級燦爛的合照。

心滿意足的回到停車場，發現有位老先生正把車停在我們旁邊。老太太開了車門，直奔跳蚤市場；老先生卻留下來，溫柔輕聲的不斷跟後座說話。我好奇的偷偷瞄一下後座，哇，是一隻可愛的米格

魯！老先生一定是看出了我眼睛裡的羨慕和渴望，他打開掀背式的後座，把米格魯抱出來，跟我說這是賈斯伯，牠剛滿八個月。熱情的賈斯伯像我家拉拉一樣，趴在我身上，舔舔我的手，舔舔我的脖子，舔舔我的臉！

啊，有了賈斯伯的安慰，想家的心情稍微放鬆啦，我想我應該可以在歐洲玩久一點了。親愛的小兔子們，除了想念拉拉，兔子阿姨也很想念你們喔！祝

週末快樂

愛你們的　兔子阿姨上

5/10

瀑布的水聲好
有威力哦！

10

少女峰和萊茵瀑布

親愛的小兔子們：

來到瑞士的第二天，兔子阿姨和阿牛叔叔終於上了少女峰！海拔四千一百多公尺的少女峰，比我們的玉山還高，山上一片白茫茫的積雪，終年不化，還有一條一年流動一百八十公分的阿雷奇冰河，非常非常緩慢的，根本看不出來的向前移動。

嚴格說起來，不能算是我們自己爬上來的。昨天一早，我們六點鐘就來到火車站，用很優惠的價格，買了兩張早鳥票。賣票的金髮美女，一再的提醒我們，十二點前要下山來，還給我們兩本簡體中文字的登山護照。然後我們就坐上火車，在一百多歲的老鐵路上慢慢往上爬。兔子阿姨趁中途換車的時候，在廁所加了毛衣毛褲和毛襪，聽說山上只有零下五、六度啊！紅色的小火車，穿過綠色的田野，來到白色的雪世界。兩個室內觀景臺的視線，都被厚重的雲層遮擋，隔著厚厚的玻璃，什麼都看不見。我們一直祈禱，山上的天氣不要太壞，希望有機會到室外的觀景臺看一看。接近終點的鐵路，鑽進了山裡頭，下車的少女峰站，牆上有個頭像，正是設計這條鐵路的工程師。他可是一百多年前的人哪！

我們的運氣真是不錯，逛完室內設施，搭上電梯，戶外的觀景臺晴空萬里！靛藍的天空下，灰黑色的山峰，覆蓋著皚皚白雪，雄偉壯觀的少女峰就矗立在眼前。兔子阿姨瞪大眼睛，嘴巴微微張開，不知道說些什麼才好。一陣寒風吹來，細細的雪花飄落，我們還是

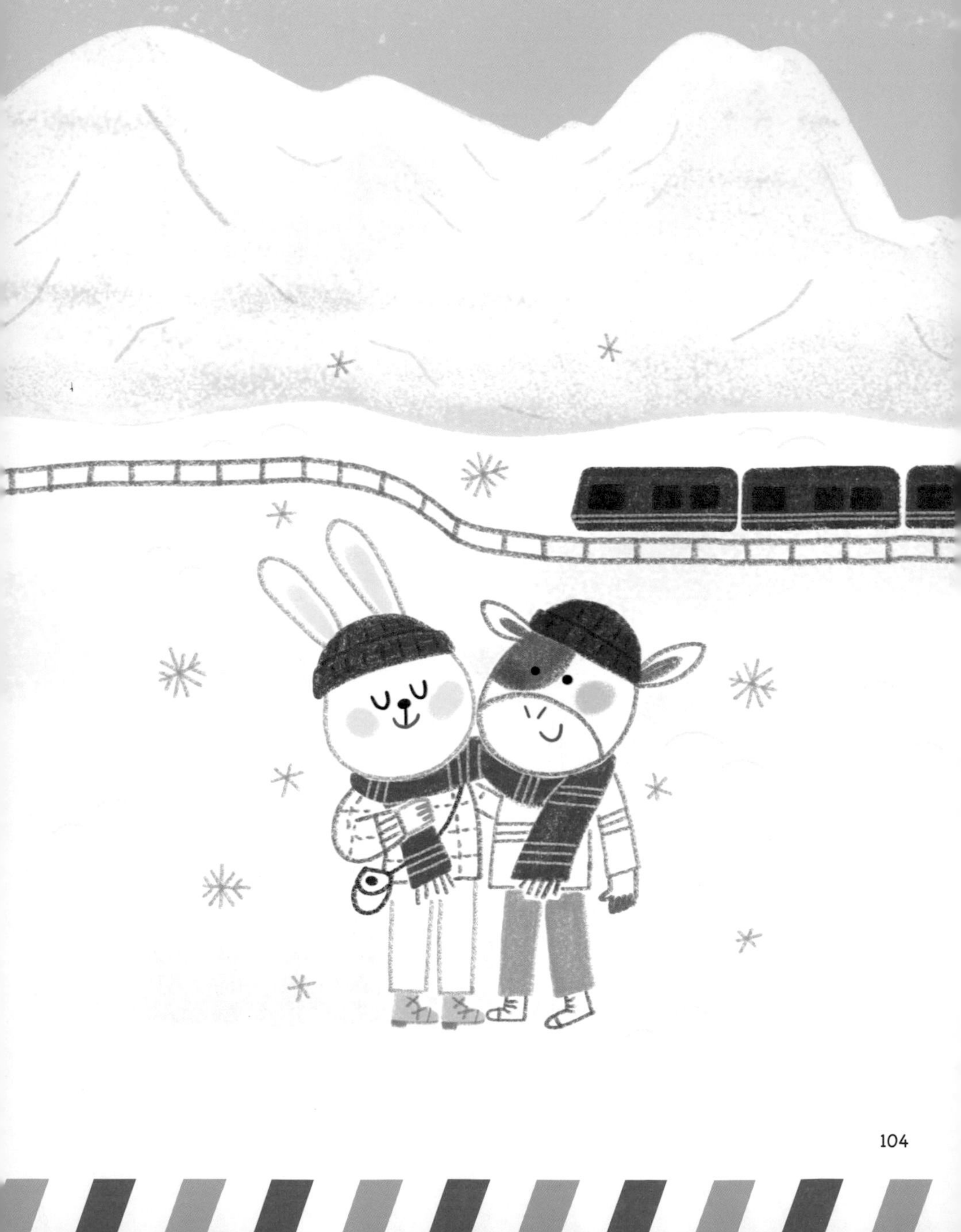

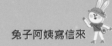

趕緊回到了室內。

坐火車爬高山看美景，其實一點都不累，我們搭上十一點四十五分的班次下山，下午還開車到伯恩高地去看雪水融化形成的高山瀑布。我印象深刻的倒不是那三個從高山上沖瀉而下的瀑布，而是開滿各色小花的綠草地上，那一群群吃草的綿羊。當我們沿著農場小路漫步，風中一直傳來叮叮叮的清脆鈴聲。我四處尋找聲音的來源，漸漸追到低頭吃草的羊群身上。原來他們的脖子上掛著鈴鐺，隨著吃草的動作搖晃，於是叮叮的樂音在風中傳播出來。聽說從前各個牧場的牛羊掛的鈴鐺都是自己家裡做的，發出來的聲音都不太一樣，聽到叮叮聲就知道家裡的牛羊在哪裡吃草了。

今天早上吃過民宿老太太準備的羊奶起司夾麵包之後，正要把行李放到車上，天空竟然下起雨來了。原本還期待像昨天一樣的好運，雨勢停歇後，可以登上計畫中的另一座高山——鐵力士山。可是車子越向前開，雨點就下得越粗，來到上山的纜車站時，雨勢大得路邊都沒什麼行人了，天上烏雲密布，只有邊角還有一小小片藍色。跟阿牛叔叔討論之後，我們決定改變計畫，看藍天在哪裡，我們就開往哪裡。

結果藍天帶我們來到了歐洲流量最大的萊茵瀑布。這個瀑布不高，但是很寬水很多。我們先到最靠近它的步道，感受一下水聲隆隆（說話時要用吼的，旁邊人才聽得到的威力），然後買票坐船橫渡水道，從另外一個角度欣賞瀑布的英姿。在激流中間，還有一個凸出的大石塊，溼漉漉的步道，扶著欄杆往上爬，頂端插著一面瑞士的紅國旗。我們繞著瀑布走了一大圈，快要回到停車場的時候，雨神趕上了我們，豆大的雨點，把我們趕進賣紀念品的小商店。我一眼就看上了放在收銀臺旁邊的小牛鈴，掛在我家拉拉的脖子上剛剛好呢。付錢買下小牛鈴，以後到公園遛狗的時候，會有阿爾卑斯山麓的牛鈴聲陪伴我呀！

親愛的小兔子們，在我跟你們現在差不多一樣大的時候，看過一部卡通影片，說的是一個小女孩被送到阿爾卑斯山上，跟她的爺爺一起生活的故事。小女孩有個好朋友，是個牧羊少年，他們在山上快樂的生活，非常吸引我。那時候的我，常常在想，長大以後，一定要到阿爾卑斯山去看一看。這幾天，我跟阿牛叔叔就是沿著阿爾卑斯山邊，一路來到了

瑞士。卡通的情節，一幕幕在腦海中上映。啊，真的有阿爾卑斯山這個地方呀！小兔子們，你們有沒有長大後一定要去看一看的地方呢？如果還沒有的話，現在可以好好的想一想囉。祝

美夢成真

愛你們的　兔子阿姨上

5/12

來看看，來這裡住過的
旅客有什麼話要說囉！

11

旅客留言簿

親愛的小兔子們：

兔子阿姨和阿牛叔叔今天下午來到了捷克，一座名叫契斯基庫倫洛夫的小城。因為名子實在太難念了，所以就用它的英文名字前面的兩個字母，簡稱為CK啦。CK是一座非常美麗的小城，我們打算在這裡住兩天，好好的逛一逛。不過，今天晚上，在設備齊全的民宿廚房裡，做了一頓麵包配牛排加番茄蔬菜湯的大餐之後，我們打算先在露臺上享受一餐自助旅行難得的盛宴。

露臺面對著水聲潺潺的維他瓦河（Vltava），河對岸的綠色山丘上，點綴一棟一棟色彩鮮麗的房子。有一兩棟房子，還鋪有一條通往河邊的小步道，步道盡頭是一個小碼頭，停泊著一艘小小船。

天色在我們切牛排、啃麵包、喝蔬菜湯的時候，漸漸暗了下來。小房子的燈光，一盞一盞的亮起來，倒映在逐漸黝黑的河水上，形成抖動跳躍的迷人光點。吃過飯，收拾好廚房，我發現小客廳的桌子上，放著一本厚厚的大本子，旁邊還有一支簽字筆。翻開本子看看，原來是一本旅客留言簿。太棒了，我可以看看，來CK這裡住過的旅客有什麼話要說囉。把本子抱到露臺來，聽著維他瓦河的歌聲，我翻開了精采的留言簿。

說實在的，剛開始完全不知道，他們在寫些什麼！頂多只知道，這是幾年幾月幾日寫的，因為大家都用阿拉伯數字標示年月日。後來，我發現了一些插圖，非常有趣。六七行秀麗的手寫體字母後，角落簽名羅莎的邊邊，有一個鮮紅的唇印。我幻想是不是有個美麗熱情的金髮小姐，曾經咬著一朵紅玫瑰，在這個露臺上跳舞。再翻個幾頁，又有人畫圖了，畫的是一個戴著高帽子的紳士，和一個穿著長裙的淑女，一起牽著狗狗散步。嗯，是不是也曾有一隻可愛的小狗住過這裡，對著維他瓦河的河水汪汪叫呢？接下來的一張，是來自義大利北部的旅客寫的。兔子阿姨怎麼會知道他從哪裡來呢？因為他畫了一隻高跟的長筒靴地圖，還在靴子的北邊做了一個星號呀！

接下來，有好幾張大師級的風景畫，有的畫古老城牆邊，撐著大洋傘的咖啡座；有的畫維他瓦河沿岸的綠樹和彩色小房子；有的畫獨木舟在雨中划過了老橋；最多的還是居高臨下看到老城區裡面，那兩座美麗的高塔。那兩座塔，正是我們來到CK的主要參觀景點，明天我們就要進老城去參觀了，真的好期待呀！再繼續往後翻頁，跳出了一張似曾相識的人像。仔細看看，原來畫的正是

民宿那個熱情的老闆大叔！我們剛到的時候，他一口德國腔調的英語，跟我們介紹完各種設施之後，問我們打從哪裡來。我們用臺灣腔調的英語，歡迎他到東方大陸邊邊的美麗福爾摩沙來玩。圖上方頭大耳加高聳的鼻梁，確實是爸爸捷克人媽媽奧地利人的老闆沒錯！

五月晚上的維他瓦河清風徐徐，對於來自亞熱帶的我們，還是有些涼意。我進房拿了一件披肩，順便幫忙著夜景寫生的阿牛叔叔帶一件薄外套。坐在舒服的躺椅上，正想繼續翻看留言簿，阿牛叔叔指著對面的山頂，要我注意看。黑色的山巒頂端，有一抹微微發亮的鵝黃色。慢慢的，一彎發光的圓弧露出山頭，慢慢的，圓弧越露越多，慢慢的，圓弧成了一個完整的圓形。慢慢的，一輪明月爬上山頭，鵝黃色的月光，照在維他瓦河上。河上跳躍的光點更多了，妙的是閃爍的光點，鋪在我和月亮之間河水上面，形成了一條不可思議的月光之路！

手上的旅客留言簿已經翻到了留言的最後一頁，我把空白的第一頁，攤開在阿牛叔叔的簡易畫架上面，請他把維他瓦河上的月光畫下來。我知道，在我們之後，一定還有來自世界各地的旅客，在這裡度過旅途上的一個夜晚，希望阿牛叔叔的畫，能夠跟大家一起分享這美好的月光。

親愛的小兔子們，如果有一天，你們也來到了捷克的CK，住在河畔一家有露臺的民宿裡，一定要翻翻他們的旅客留言簿，說不定你們會看到阿牛叔叔的畫作，和兔子阿姨用中文字寫的留言喔。再一次祝你們

美夢成真

愛你們的　兔子阿姨上

5/14

彩繪塔為什麼
叫彩繪塔？

12

彩繪塔

親愛的小兔子們：

如果你擁有一座高塔，你會怎樣讓它看起來更美麗呢？這些日子以來，阿牛叔叔和兔子阿姨看了好多城堡，好多高塔。美麗的新天鵝堡，藍白相間，更顯高貴；鵝黃色系的舊天鵝堡，十分溫馨；國王湖的大洋蔥頭教堂，鮮紅的屋頂，在群山之中非常顯眼。在歐洲真的有好多城堡啊，為什麼特別要來看彩繪塔呢？讓兔子阿姨先賣個關子，等一下再宣布答案好了。

其實，彩繪這件事，這一路上我們也看了不少。有一些小鎮的居民，在自家房子的白色牆壁上面做畫。有些畫童話故事裡的主角，像是布萊梅樂隊的驢子、狗狗、貓咪和公雞；或是小紅帽和大野狼；

還有糖果屋裡的巫婆和哥哥妹妹，也有人畫耶穌和《聖經》裡的故事。當然，還有更多純粹妝飾的花花草草和美麗圖案。這些圖案，讓單調的房子，變成了美麗漂亮、獨一無二的家。所以，兔子阿姨對彩繪塔充滿了想像，塔上到底畫了些什麼呢？

今天一早，吃了水煮蛋、麵包配牛奶，我們在背包裡放了一把傘和一瓶水，就出發去看塔了。推開民宿大門，一陣爽朗的笑聲，從樓上傳下來。原來是老闆大叔，從二樓的窗戶探出頭來，正在跟路邊的鄰居閒聊。雖然聽不懂他們在聊些什麼，但是那種氣氛，跟我鄉下老家阿公跟隔壁老伯早上的招呼，一模一樣的親切呀！揮揮手說再見，我們朝下山的階梯走去。其實我們住的民宿，就在老城外的小山丘上，下了長長的階梯，過橋穿過紅色的城門，就來到了老城。在老城裡，不論在哪個角落，抬起頭來，就可以看見粉紅色塔身，綠色塔頂的彩繪塔，正在守護著大家。只是距離較遠，還看不出塔上畫的是什麼。

又一座石頭老橋，橋上有個彈吉他唱歌的街頭藝人，坐在石雕像的腳邊，努力的唱著。可能是天色還早，沒什麼旅客，吉他盒子裡的硬幣寥寥無幾。我們停下來聽一會兒，放兩個硬幣在盒子裡，繼續向高塔走去。路邊賣紀念品的小店已經開門做生意了，在捷克特產刺蝟筆插和長頸鹿鉛筆之間，放著一張紙板，寫了幾個大大的中文字：特別優惠臺灣旅客。我站在攤子前猶豫著要買什麼來享受

特別優惠，又想到塞得滿滿的旅行箱，決定還是心裡感謝老闆對臺灣的特別友善就好啦！倒是隔壁賣傳統麵包捲的香味，讓人忍不住的一直吞口水。掏出錢來買了兩個，一個原味一個肉桂，兔子阿姨和阿牛叔叔分著吃，熱熱香香甜甜的麵包捲，好好吃呀！

邊走邊逛邊看看，終於來到了高塔邊。抬頭仔細看著塔身，我發現了彩繪塔命名的原因了。最下面淡黃色的部分，看起來是一塊一塊的大石頭，其實是畫出來的，不是真石頭。中間粉紅色的部分，看起來是雕刻的圖像，其實也是畫出來的，再加上綠色的塔頂，這座塔看起來還真是漂亮！只是，為什麼不用真石頭，不是真雕刻，而是用畫的呢？就在我怎麼都想不到答案的時候，一個拿著旗子的領隊，帶著一群東方臉孔的旅行團過來了。哎呀呀，他們講的可是字正腔圓的國語喔！我在旁邊聽到了這個塔彩繪的原因了。導遊說是這座高塔在建造時，因為沒錢買石材，也請不起工匠來雕刻，所以就用畫的方式來美化高塔。兔子阿姨不知道這導遊說的是真是假，但是彩繪的方式，卻是這座高塔與眾不同的特色，吸引了世界各地遊客來拜訪它。

我們買票進入高塔，沿著窄小的樓梯爬上頂端的迴廊。藍天白雲下面，綠色的山巒之間，橘色的、紅色的，偶爾幾間深咖啡色的屋頂，上上下下、高高低低一間疊著一間；白色的、鵝黃色的牆壁上，暗色的窗戶，大大小小，規規矩矩的排列著。房子和房子間的空隙，可以看見成排的綠樹和蜿蜒而過的維他瓦河。CK真是個美麗的地方呀！

咦，爬到了這麼高的地方，怎麼沒看見剛剛在老城無處不見的彩繪塔呢？阿牛叔叔被我的問題問呆了，想了一下才笑著跟我說：「我們就在彩繪塔上，當然看不見彩繪塔啦！」是啊，站在最高的地方上面，就看不見最高的地方了。兔子阿姨突然被這美景弄呆了，敲敲自己的頭，忍不住也笑出來了。親愛的小兔子們，今天就寫到這裡啦，祝大家也能夠

處處是美景

愛你們的　兔子阿姨上

5/15

各式各樣的麵包，
看起來好美味呢！

13

超級市場大 PK

親愛的小兔子們：

中午十二點多，兔子阿姨和阿牛叔叔坐在餐廳門口，鋪著厚厚軟墊的椅子上，等待服務生把我們點好的菜送上桌來。大陽傘下的木桌子上，放著一瓶小雛菊，和一份我們兩個完全看不懂的菜單。剛才跟那個穿著白襯衫，腰間綁著黑色長圍裙的帥哥點菜，真的是比手畫腳加上參考隔壁桌客人正在吃的菜色。幸好年輕的帥哥笑容滿面，沒有一點不耐煩的樣子。只是不知道等一下端上來的餐點，會不會跟我們想像的一樣？

這家餐廳原本是個地窖，後來才變成餐廳，現在裡面的牆壁，還是一塊塊黑色的石塊堆疊而成。大白天的，裡面還是很暗，超大烤爐旁邊的大木桌上，閃爍著橘黃的蠟燭光。在這裡用餐，很有變成電影裡在古堡中用餐的騎士美人那種感覺呢！只是餐廳生意很好，阿牛叔叔沒有預約定位，我們排不到裡面的座位，門口陽傘下還有位置，算我們運氣很好啦！

其實，自助旅行的我們，很少有這麼豪華的享受，我們的餐點大部分都在超級市場解決。趁現在地窖餐廳的大廚為我們準備大餐，兔子阿姨就用等待的時間，把這幾天去過的超級市場跟我們家附近的超級市場來個大PK好了。

我家附近的超市，24小時營業而且全年無休，不管什麼時候少了什麼東西，都可以去找找看。這邊的超市，早的傍晚六點，晚的晚上九點就拉下鐵門休息了；星期六、星期日鐵定休息，大家都放假去了。有好幾次，我們只能隔著透明大玻璃窗，看著裡面擺滿的食物，跟飢腸轆轆的我們說抱歉。聽說在這邊做生意的華人，就是用放棄休假、週末照常營業的方式，增加不少收入，使得當地的店家抱怨，生意都被搶走了呢！

當然，裡面賣的東西，也跟我們的超市不太一樣喔。我們賣的是一包一包的米，他們賣的是各式各樣的麵包，特製的土司切片機和麵包夾子，還讓我和阿牛叔叔研究了好久，到底是要怎樣使用呢！我們賣礦泉水，他們還有氣泡水，只有泡泡不加糖的，不是可樂喔。生鮮的牛肉、豬肉、雞肉和魚肉和當地的蔬菜，兩邊都差不多，只是他們這邊還多了很多不同種類的起司，不同種類的醃菜和沙拉放在冷藏櫃裡。喔，還有真正的火腿，一隻一隻醃製好的牛腿，倒掛在天花板上，好壯觀哪！

寫到這裡，阿牛叔叔的啤酒來了。透明大

杯子裝著冒泡泡的陽光，阿牛叔叔大口喝下，一臉滿足啊！兔子阿姨不喝酒，我點的是蘋果汁，喝下一口，再跟你們說說我最喜歡這邊超市賣的兩種東西。

先來說觀賞植物好了。歐洲人喜愛種花美化環境，窗臺上的小盆栽，籬笆上的爬藤類，連牆上都有貼壁的玫瑰花或是蘋果樹。我看到好多超市都有賣盆栽跟園藝用品，也有一些讓人買回去養在水裡的花材。尤其是母親節前後，大賣場裡的花束特別多，路上更是一人一朵玫瑰花，處處洋溢溫馨的氣氛。是玫瑰花，不是康乃馨喔。哎呀呀，我們的主餐送上來了，我要先享受一番，等一下再給你們寫信囉。

哈哈哈，看來我們比手畫腳的工夫，還真不是蓋的。阿牛叔叔點的豬腳，兔子阿姨點的牛排都來了，配上酸奶馬鈴薯和醃高麗菜，還真是名不虛傳的好吃呀！就在我們大快朵頤的時候，一團臺灣團的旅客過來了。他們應該是聽到了阿牛叔叔跟我交談的聲音，確定語言跟我們共通，主動的問我們餐點好不好吃，要怎樣點餐的一些問題。不等我們講完，一個熟門熟路的先生，就來招呼他們到裡面入座，準備用餐了。這就是跟團和自助的不同了。跟團旅行事事有人安排打點，但是時間景點都得配合大家。自助的話吃什麼喝什麼住哪裡都得自己解決，連哪裡上廁所都要自己找。好處是想逛哪裡就逛哪裡，愛逛多久就逛多久，也是很不錯的啊。

對了，對了，我的超級市場大PK還沒完呢。這裡的超市除了鮮花吸引我，還有一個超級棒的東西，是我最愛的。就是只有我的巴掌大，卻是畫圖精美、內容有趣的繪本故事書。它們放在一個真人一樣大的人偶，捧著的一個超大碗裡面。我總是在買了食物和日用品之後，就站在人偶旁翻找繪本，目前為止我買了《布萊梅的樂隊》、《三隻小豬》還有一個兔子的故事。啊，有一本土《撥鼠摩爾的歷險記》，我送給小瑪拉當生日禮物了，我想下次再到超市去找找這本補回來。親

愛的小兔子們，等兔子阿姨回來講故事的時候，就會把故事書帶給你們看囉。我想，你們一定也會喜歡的。祝你們

閱讀愉快

愛你們的　兔子阿姨上

5/17

我全身上下都
是玉米穀呦！

14

玉米殼小姑娘

親愛的小兔子們：

今天早上兔子阿姨出門的時候，太陽公公躲在雲背後，天氣陰陰的。我們搭地鐵來到布拉格，想要轉搭公車進城。可是再怎麼看地圖加上問路，就是找不到我們要的路線。最後，我們沿著維他瓦河一直走、一直走，終於來到了查理大橋的橋頭。穿過大橋，就會進入城堡區啦！

六百多年前下令建造這座橋梁的國王查理四世，他的雕像就站在廣場上，看著大橋。橋上有三十座跟捷克歷史相關的偉人雕像，訴說著捷克的歷史故事。雖然天氣不好，來自世界各地的遊客，還是擠滿了大橋。一群大眼睛高鼻子的美少女，請阿牛叔叔在她們合

照的時候，幫忙按一下相機快門；然後，換我們請她們幫我們拍兩個人的合照；最後我們跟她們一起拍了大合照。今天以前，我們並不認識；今天以後，我們可能也不會再見，但是，這一刻我們一起拍了一張快樂的大合照！

隨著人潮我們踏上查理大橋。偉人雕像是一定要看的啦，其中一座背後環繞星星的雕像，是最古老的雕像。祂的名字叫做聖約翰內波穆克，因為違抗當時國王的命令，不願推舉不適任的人選當修道院院長，而被丟進河裡淹死。聽說祂去世當晚，在祂落水的地方，浮起了七顆明亮的星星。還聽說，摸了雕像下面浮雕上即將落水的小人，就會願望成真喔！所以聖約翰雕像前面，排了好長好長的隊伍，等著要摸摸小人兒。

除了雕像之外，阿牛叔叔停留最久的是一些正在畫畫的畫家攤子，他們有的在風景寫生，有的畫客人的頭像。我呢，也看到了我的最愛，那就是一架子、一架子立在旁邊的手作小物。我先跟大家解釋一下，什麼叫做手作小物好了。記得我們一起做過的串珠小狗嗎？還有拼布貓頭鷹？這些用簡單的材料，純手工做出來的小東西，就是手作小物。我今天看到了陶土彩繪的小房子，毛線勾成的耳環，木頭刻成的迷你家具，還有……，還沒仔細看完每一個手作小攤子，阿牛叔叔過來催我快一點，城堡裡面還有好多老建築等著我們去看呢！

只是天公不作美，我們剛剛才下橋，雨點就滴滴答答的打下來啦！計畫中的教堂、廣場和黃金巷，在雨中匆匆走過。好不容易在雨勢越來越大的時候，有一間紀念品專賣店，讓我們進去躲雨。雖然說是躲雨，店裡的紀念品也很吸引我。芳香的手工香皂，精緻的蛋殼雕刻，哇！哇！哇！還有一區，三層木桌子上，站滿了一個個巴掌高的小姑娘。親愛的小兔子們，我說的是小姑娘，不是洋娃娃喔！淡淡的粉橘色上衣，

米黃色的蓬蓬長裙，繫著一條腰帶；米黃色的頭巾下，露出的小臉蛋，有一撮淡淡咖啡色的瀏海。秀氣又樸素的小姑娘，有的捧著一束花，有的抱著一捆布，真是可愛極了。剛開始，我一直看不出來，這些小姑娘是什麼材料做的。後來旁邊的螢幕開始播放影片，是一個老奶奶製作這些小姑娘的過程。她把一片一片乾燥的玉米殼整理好，哎呀，我又要來解釋一下了。玉米殼就是平常我們吃一包一包煮熟的玉米時，都要先把最外面那一層粗粗的，不能吃的像皮又像葉子的部分剝開，才會看到裡面一排一排好吃的玉米粒，對不對？那剝開不能吃的部分，就是玉米殼啦。老太太把乾燥的深色玉米殼，撕成細長條，中間用細繩紮緊，固定在小圓球上；再撕一片淡色玉米殼包住小圓球，綁著頭巾的小姑娘就出現了。然後穿上衣服，撐起裙子，繫上腰帶，全都是玉米殼搞定，名符其實的玉米殼小姑娘呀！

這時候，我突然想起了很久很久沒想到的阿公。我國小的時候，學校在芒草花開的季節，常會跟學生徵求掃帚。那種用芒草紮成的掃帚很輕，又不黏垃圾小屑屑，非常好用。我阿公很會紮芒花掃帚，他在曬穀場邊的玉蘭花樹下，用曬乾的芒草花紮掃帚的時候，我總是蹲在他身邊看。紮著、紮著，阿公還會用芒花稈紮個小玩具給我，有時候是一支牙刷，有時候是一把手槍，有時候是一張帶靠背的椅子。啊，站在歐洲老城的紀念品店裡，我強烈的想起了超級疼愛我的阿公，雖然他到天上去做神仙那麼多年了，我的記憶中永遠存在那些芒花稈子紮成的小玩具。

或許，這個紮玉米殼小姑娘的老奶奶，也有一個在旁邊看的小孫女兒吧？小孫女兒長大後，應該也會很喜歡手作小物吧？親愛的小兔子們呀，你們都跟阿公阿嬤一起做什麼呢？要好好把握這段美好時光喔！

祝快樂

愛你們的　兔子阿姨上

5/19

來嚐嚐溫泉水的味道。

15

溫泉小鎮

親愛的小兔子們：

對旅人來說，前幾天的天氣不是很好。天空布滿灰色的雲，偶爾還會下點小雨。有時候太陽會從雲縫中露臉，但是吹在身上的風，還是有股涼意。這樣的天候，泡泡溫泉最好了。兔子阿姨很愛泡溫泉，陽明山、北投的溫泉，北海岸金山溫泉，宜蘭礁溪溫泉，花蓮安通溫泉，臺東知本溫泉，屏東四重溪溫泉，高雄寶來溫泉，臺南關子嶺溫泉，臺中谷關溫泉，苗栗泰安溫泉，新竹清泉溫泉，桃園爺亨溫泉，說到溫泉，我們寶島臺灣處處是溫泉哪！

就在我超級想念臺灣溫泉的時候，我們來到了捷克最大的溫泉鎮。好玩的是，這裡沒有三步一小間，五步一大間的泡湯設備，也沒有一攤一攤賣溫泉空心菜、溫泉番茄和溫泉筊白筍的小販。他們的小販，賣的是一個個、一對對美麗精緻的杯子！大部分是白底畫上精緻美麗的圖案，有些杯口還鑲著華麗的金邊，扁扁的杯身，配著弧度優美的把手，看起來就像是貴族使用的杯子。當然也有其他的設計，像是走動物風的，外型就是一頭小象，一隻貓咪，或是一隻小鳥兒。不管怎樣的設計，全都有一個共同的特點，把手還可以當吸管用！

剛開始我覺得奇怪，為什麼這裡全都在賣杯子呢？後來看見街上遊走的旅客，很多手裡拿著杯子，一邊走一邊喝，心裡還疑問著，他們在喝什麼呀？等我們走到一棟美麗的圓頂大樓，在一根根粗大

的廊柱之間，兔子阿姨看到答案了。原來，他們的溫泉是用喝的呀！

在臺灣泡過好多好多溫泉，卻沒有直接喝過溫泉，大老遠的來到這裡，當然要喝喝看囉。我們有樣學樣，跟在其他旅客後面接了一些溫泉水喝。嗯——說實話，還真的很不好喝！溫熱的水裡，有一股濃濃的鐵鏽味。我決定意思意思喝一點點就好了。

離開最大的溫泉鎮，我們前往住宿點的民宿。那是一棟花園裡的二樓洋房，綠草地的旁邊，還有一間日光餐廳。男主人把我們安頓好，就開車走了。整個房裡就我和阿牛叔叔兩個人，感覺上好像是我們自己的家一樣。

今天早上，天氣放晴了，我們在餐廳裡吃過主人準備的麵包果醬，牛奶水煮蛋的早餐後，就在附近走走。整個社區都是這樣的花園洋房，各家花園的草地上，開著不一樣的花，卻是一樣的漂亮。我們還在後面發現了一個綠波盪漾的寧靜小湖，幾隻綠頭鴨在水面上游走，畫出一個又一個的圓圈圈。沿著湖邊小路向前走，大片大片的草地左左右右延伸，姿態優美的老樹和各色盛開的花朵點綴其間。牽著小狗散步的老先生老太太，推著嬰兒車的年輕媽媽，大家都一派優哉游哉，輕鬆自在的樣子。樹蔭下面，有一間白色亭子，亭子裡面，竟然是汩汩流動的溫泉出口。兔子阿姨正在想，這溫泉是不是也可以喝呀？一個慢跑過來的年輕人，從袋子裡拿出兩個瓶子，先裝一些喝，然後裝滿瓶子帶走了。有樣學樣，我也用杯子裝了一些喝喝看。嗯——還是沒有很好喝。昨天是溫熱的，今天是冷的，鐵鏽味淡了一些，還有一點小氣泡。

回到民宿，問了主人，我們才知道繼續向前一直走，可以到達第二大溫泉鎮。不過，距離還滿遠的，所以我們決定開車過去。

這座第二大的溫泉小鎮，叫做馬莉安斯基。聽說它的溫泉有醫療效用，幾世紀前就有一些作家、音樂家們到這裡來靜養。熱鬧的街道，沿著美麗的大花園繞一圈，紀念品店裡也是一排排的溫泉杯，和薄薄香香各種口味的溫泉餅。跟隨本地人們輕緩的腳步，優閒的四處亂晃，兔子阿姨不經意的看見，腳上這雙陪我走過歐洲六個國家的半統靴，竟然布滿風霜，兩隻都有了長長的裂縫！於是我們走進一家鞋店，選了一雙新的半統靴。不過我決定，還是要把舊靴子帶回家去。

啊，我們出來旅行，快滿一個月了，明天就要離開捷克，再度進入德國，回到法蘭克福去，準備搭飛機回到臺灣。這一個月，把我的鞋子都走破了，心裡卻裝了滿滿的記憶！親愛的小兔子們哪，這可真是超級精采的一個月啊，乖乖等兔子阿姨回來跟你們分享喔。

祝

等待快樂

愛你們的　兔子阿姨上

5/21

離鄉背井的人，真的
要有很大的勇氣！

16

離鄉背井的人

親愛的小兔子們：

經過一個月的時間，兔子阿姨又回到法蘭克福機場來了，我們準備搭飛機回臺灣囉。在等飛機的時候，阿牛叔叔發現，前面那個金髮碧眼的年輕小姐，用流利的華語跟一個老太太說話。一會兒之後，來了一個年輕男子，加入她們的陣容。年輕男子跟老太太長得很像，應該是母子吧。男輕男子轉頭看見我們，點點頭、笑一笑之後，試著問我們，是不是臺灣來的？

就這樣，我們認識了吳叔叔。他是臺灣南投出生的孩子，長大後在新北市板橋定居，跟來臺灣留學的德國小姐，相識相戀結婚了。他現在跟太太一起住在海德堡，開了一間茶店，專賣來自臺灣的好茶。今天要送特別來看望他們的老媽媽回臺灣，所以才會到機場來。熱情的吳叔叔很高興遇見來自故鄉的我們，開心暢談他來德國生活三年的經驗。

這一個月來，我們遇見了不少語言相通的黃皮膚臉孔。第一個是租車給我們的蔣先生，十五歲從上海來到德國，努力打拚了二十幾年，現在開了一家租車公司。他跟一樣來自上海的老婆，已經有兩個跟你們年紀差不多的孩

子，父母親也住在德國。十月份打算一家六口遊臺灣，興奮的跟我們打聽，美麗的風景和美味的小吃，在哪裡才找得到。

跟吳叔叔和蔣先生聊天，兔子阿姨發現他們都有著刻苦耐勞的精神，和活潑開朗的個性，才能克服在異鄉生活的困難，擁有一番成就。當然，也是有一些適應不良的例子啦。那天，我們走進一條美食街，想要吃午餐。東挑西選了半天，還是決定吃中華料理。附近的餐廳人來人往，熱鬧滾滾，只有我們選的這家安安靜靜。送菜上來的小姐，來自江蘇。說是在這裡開店好幾年了，當我們詢問附近著名景點時，她面無表情的說，每天忙開店，沒時間去閒逛！兔子阿姨和阿牛叔叔尷尬的閉上嘴巴，不敢再多說什麼。我真心的希望，她的餐廳生意能越來越好啊！

除了長時間在這裡生活的黃皮膚面孔，我們也遇見了一些年輕的，打算在這裡短暫停留的學生。在義大利的公車站，一位來自福建的女孩，主動指點我們怎樣搭公車到威尼斯。在鹽山腳下的民宿裡，兩位來自湖南的姑娘，跟我們分享旅遊心得。她們都是在附近大學留學的學生，趁著假期到處參觀。在少女峰山下的火車站，來自臺北的大男生告訴我們，他剛從英國來到瑞士，打算花三個月的時間來體驗歐洲。對了，還有在萊茵瀑布，

我們遇見一對臺南來的年輕夫妻，帶著爸媽一起遊歐洲。我到現在都還記得，老夫妻說到女兒女婿時，臉上那個幸福的表情哪！

兔子阿姨回想遇到的這些人，有個共同的地方，他們都是離鄉背井的人啊！不管長時間還是短時間，離鄉背井都需要很大的勇氣。踏出自己熟悉的環境，面對未知的挑戰，該用怎樣的心態，來度過時時刻刻、分分秒秒呢？兔子阿姨也當了一個月離鄉背井的人，從剛開始的期待，到飛機起飛時的雀躍，再到下飛機進入完全聽不懂、看不懂的世界那種恐慌，然後慢慢的從比手畫腳和簡單的英文，跟當地人接觸後，隨

著協助慢慢進來，害怕漸漸消失，於是開始接收新的事物，看見新的世界，終於開始享受旅行的快樂。離鄉背井的人，真的要有很大的勇氣呀！

親愛的小兔子們，再過十幾個小時，我就會回到熟悉的世界。旅行雖然就要結束，感覺上我卻是個全新的自己，我好像更快樂、更勇敢、更主動了！下個禮拜三，我會到你們教室去說故事，我想聽聽看，你們看到兔子阿姨寫信來後，有些什麼想法呢？期待下禮拜相見。祝

愉快

愛你們的　兔子阿姨上

5/23

【後記】

出門走一走

◎陳素宜

我喜歡旅行！印象中，第一次旅行是全班一起到南埔齋堂遠足。已經忘記是幼稚園還是一年級了，只記得媽媽前一天特別買給我的漂亮飯包袋，在排隊一個一個跨越泥濘溼軟的田埂時，掉進了新插秧苗的水田裡。第二次印象深刻的旅行，是國小的畢業旅行。未曾走出山村小盆地的大孩子，來到水波漣漣的日月潭。瑣碎的細節已經不復記憶，只記得旅社鋪著榻榻米的房間裡，一群女孩披著床單唱大戲的快樂！第三次掛在心上的旅行，是師專五年級十一天的環島之旅。我們在十一月的小陽春出發，離開新竹，南下臺中高雄，遠至屏東墾丁貓鼻頭；還穿過蘇花公路，中橫公路，加上花蓮輪，兩度造訪傳說中的美麗花東地區。書櫥裡那本紅皮相簿，裝著佳洛水狂放的海風，溪頭翠綠的竹子，中橫公路的印地安人頭像，和我飛揚的青春。

長大後，旅行依舊是我最愛的事情之一，不時要出門走一走，補充正能量。上高山，下大海，我們在美麗的寶島臺灣四處優遊。所以，當老同學好朋友相邀，一同去歐洲自助旅行的時候，第一時間當然是大聲歡呼，點頭說好！待到冷靜下來，一個個不安的泡泡，冒上心頭。語言不通，自由行沒問題嗎？離家那麼遠，那麼久，可以嗎？計畫的時間，歐洲天氣還滿冷的，我能適應下雪嗎？感冒了，牙疼了，要怎麼辦呢？

好多好多的問題，讓我開始躊躇起來。最後，讓我下定決心的是，書櫥裡那本紅皮相簿。看著一張張記錄，那個天不怕地不怕，樂於探索世界的年輕人，又來到我的心中。想要再度感受在陌生地方的旅社中，披著床單唱大戲的快樂，就不能害怕弄髒漂亮的飯包袋呀！

現在，我坐在電腦前面，看著旅行一個月拍下來的照片，心裡感到十分滿足和愉快。能夠出門走一走，看看不同的大自然風景，感受不一樣的人文生活風貌，真的很棒！感謝老同學好朋友世真佩琳夫妻相邀，並且做足功課，精心策劃，與我們分享精采的旅程。也是這樣分享的心情，希望這份滿足、愉快，和歐洲的自然風景、人文風貌，能夠呈獻在讀者面前。

其實，在出發之前，在旅途之中，我一直在想，要用怎樣的形式，來跟小讀者分享旅途中的所見所聞、所思所想，希望能跟平常的遊記不太一樣，卻一直沒有結論。直到在少女峰山下，小鎮格林德瓦（Grindelwald）的民宿窗臺上，遇見了稻草紮成的兔子小姐，她化成了在歐洲自助旅行的兔子阿姨，寫信給她親愛的小兔子們，分享了我要跟小讀者分享的點點滴滴！

感謝幼獅文化公司，出版了兔子阿姨的書信，感謝你翻開兔子阿姨給你的信，期待大家常常出門走一走！

國家圖書館出版品預行編目資料

兔子阿姨寫信來／陳素宜文；Yating Hung圖． -- 初版．
-- 臺北市：幼獅，2016.08
面； 公分. --（散文館；24）

ISBN 978-986-449-042-4(平裝)

859.7 105004280

・散文館024・

兔子阿姨寫信來

作　　者＝陳素宜
繪　　圖＝Yating Hung
出 版 者＝幼獅文化事業股份有限公司
發 行 人＝李鍾桂
總 經 理＝王華金
總 編 輯＝劉淑華
副總編輯＝林碧琪
主　　編＝林泊瑜
編　　輯＝黃淨閔
美術編輯＝游巧鈴
總 公 司＝10045臺北市重慶南路1段66-1號3樓
電　　話＝(02)2311-2832
傳　　真＝(02)2311-5368
郵政劃撥＝00033368

門市
・松江展示中心：10422臺北市松江路219號
電話：(02)2502-5858轉734 傳真：(02)2503-6601

印　刷＝錦龍印刷實業股份有限公司
定　價＝260元
港　幣＝87元
初　版＝2016.08
書　號＝986274

幼獅樂讀網
http://www.youth.com.tw
幼獅購物網
http://shopping.youth.com.tw
e-mail：customer@youth.com.tw

行政院新聞局核准登記證局版臺業字第0143號

幼獅文化公司／讀者服務卡／

感謝您購買幼獅公司出版的好書！
為提升服務品質與出版更優質的圖書，敬請撥冗填寫後（免貼郵票）擲寄本公司，或傳真（傳真電話02-23115368），我們將參考您的意見、分享您的觀點，出版更多的好書。並不定期提供您相關書訊、活動、特惠專案等。謝謝！

基本資料

姓名：……………………先生／小姐

婚姻狀況：□已婚 □未婚　職業：□學生 □公教 □上班族 □家管 □其他

出生：民國…………年…………月…………日

電話：（公）…………（宅）…………（手機）…………

e-mail：……………………

聯絡地址：……………………

1.您所購買的書名：**兔子阿姨寫信來**

2.您通常以何種方式購書?（可複選）：□1.書店買書 □2.網路購書 □3.傳真訂購 □4.郵局劃撥 □5.幼獅門市 □6.團體訂購 □7.其他

3.您是否曾買過幼獅其他出版品：□是，□1.圖書 □2.幼獅文藝 □3.幼獅少年 □否

4.您從何處得知本書訊息：（可複選）□1.師長介紹 □2.朋友介紹 □3.幼獅少年雜誌 □4.幼獅文藝雜誌 □5.報章雜誌書評介紹…………報 □6.DM傳單、海報 □7.書店 □8.廣播（　　） □9.電子報、edm □10.其他…………

5.您喜歡本書的原因：□1.作者 □2.書名 □3.內容 □4.封面設計 □5.其他

6.您不喜歡本書的原因：□1.作者 □2.書名 □3.內容 □4.封面設計 □5.其他

7.您希望得知的出版訊息：□1.青少年讀物 □2.兒童讀物 □3.親子叢書 □4.教師充電系列 □5.其他

8.您覺得本書的價格：□1.偏高 □2.合理 □3.偏低

9.讀完本書後您覺得：□1.很有收穫 □2.有收穫 □3.收穫不多 □4.沒收穫

10.敬請推薦親友，共同加入我們的閱讀計畫，我們將適時寄送相關書訊，以豐富書香與心靈的空間：

(1)姓名…………e-mail…………電話…………
(2)姓名…………e-mail…………電話…………
(3)姓名…………e-mail…………電話…………

11.您對本書或本公司的建議：

廣　告　回　信
臺北郵局登記證
臺北廣字第942號

請直接投郵　免貼郵票

10045　臺北市重慶南路一段66-1號3樓

幼獅文化事業股份有限公司

請沿虛線對折寄回

客服專線：02-23112832分機208　傳真：02-23115368

e-mail：customer@youth.com.tw

幼獅購物網http://shopping.youth.com.tw